ESCAPE ROOM

ADVENTSKALENDER

24 knifflige
Weihnachtsrätsel

arsEdition

Das Meistergeschenk

Jedes Jahr zur Weihnachtszeit herrscht reges Treiben bei den Weihnachtshelfern, und alle sind in heller Aufregung wegen der letzten Vorbereitungen für den Weihnachtsabend – vor allem, weil jedes Jahr das beste Geschenk mit einem besonderen Preis gekrönt wird.

Die Gruppe an Weihnachtshelfern, die das beste Geschenk dem Weihnachtsmann präsentiert, darf mit ihm beim Weihnachtsessen an einem Tisch sitzen.

In einem von der Großfabrik des Weihnachtsmanns weit entlegenen Dorf hat sich **Jolly, das ehrgeizige Weihnachtsrentier,** dieses Jahr mit seiner Gruppe extra ins Zeug gelegt und möchte auf jeden Fall den Wettbewerb gewinnen.

Gemeinsam mit seiner fleißigen Truppe, bestehend aus Lucia, dem Pinguin, Trixie, der Schneefüchsin, Nevio, dem Weihnachtswichtel, und Bob, dem Eisbären, hat Jolly sich dieses Jahr etwas ganz Besonderes ausgedacht – alles natürlich streng geheim!

Unsere Heldengruppe

In ihrem treuen Heißluftballon verstauen sie also all die Geschenke, an denen sie dieses Jahr gearbeitet haben, und natürlich auch das Meistergeschenk. **Kurz vor dem Weihnachtsabend fliegt die kleine Gruppe los.** Über den Nordpol hinweg ist es natürlich keine ungefährliche Strecke, also sorgt Bob dafür, dass alle Geschenke gesichert sind. Trixie ist mächtig aufgeregt, denn es ist ihre erste Reise zur Geschenkefabrik, und sie freut sich riesig, den Weihnachtsmann endlich kennenzulernen.

Der große Sturm

Die ersten Tage der Reise verlaufen ohne Probleme und ruhig fliegen sie über die meilenweite weiße Schneelandschaft hinweg. Trixie steuert den Heißluftballon und Nevio hält nach möglichen Turbulenzen Ausschau. Zunächst scheint alles ruhig zu bleiben, doch dann schreckt Jolly auf: „Da scheint ein Sturm aufzuziehen!"

Schnell stellen sie sicher, dass alle Seile gespannt sind, doch zu spät! Der Sturm hat sie bereits erfasst und sie werden ordentlich durchgeschüttelt. Anfangs scheint alles gut zu gehen, doch dann pfeift eine besonders starke Böe durch sie hindurch und weht sie mitsamt den Geschenken einmal – wusch! – aus dem Korb heraus.

Unten angekommen, streckt Jolly den Kopf aus dem Schnee und schüttelt sich das Geweih. Von seinen Freunden ist weit und breit keiner zu sehen –

nur Schnee und Bäume. Und heute Abend ist auch schon der Weihnachtsabend!

Hilf Jolly und seinen Freunden und rette den Weihnachtsabend!

Jolly muss unbedingt seine Freunde und die Geschenke finden und rechtzeitig beim Weihnachtsmann ankommen. Dabei wird er sicher deine Hilfe benötigen! Jeden Tag kannst du eine neue Seite öffnen und Jolly und seinen Freunden dabei helfen, die Hindernisse aus dem Weg zu räumen und den Weg nach Hause zu finden. Ob ihr es noch rechtzeitig schafft?

1

Alle Wege führen nach ...

Jolly stapft durch den Schnee hindurch. Zum Glück kennt er sich am Nordpol recht gut aus, denn jedes Jahr macht der Weihnachtsmann einen traditionellen Spaziergang mit all seinen Helfern. Um ihn herum ist alles still, nur seine Hufe im Schnee machen leise Geräusche. Als sich vor ihm eine große Kreuzung auftut, wird Jolly jedoch stutzig. **Hier hat doch jemand die Schilder sabotiert!**

Alle Buchstaben sind durcheinandergepurzelt! Kannst du Jolly helfen herauszufinden, was hier auf den Schildern steht? Das wird ihm bestimmt auch helfen, den richtigen Weg zu finden.

Vertikal:

- Der Ort, an dem die Weihnachtshelfer wohnen
- Der Ort, an dem der Weihnachtsmann wohnt

Horizontal:

- Der Ort, an dem man über den Nordpol sehen kann
- Der Ort, in dem verwunschene Tiere wohnen
- Der Ort, an dem gebastelt wird

Lösung Horizontal:
Schneegebirge
Winterwald
Geschenkefabrik
Lösung Vertikal:
Wichteldorf
Weihnachtshütte

2

Spurensuche

Ja, so müssten die Schilder wieder stimmen. Zufrieden nickt Jolly. Mit dem Weihnachtsmann hat er ausgemacht, dass sie sich in der Geschenkefabrik anstelle seiner Hütte treffen würden, aber seine Freunde sind bestimmt schnurstracks ins Wichteldorf gelaufen, um dort um Hilfe zu bitten. Jolly erinnert sich, dass Nevios Tanten dort wohnen. Er schlägt also die Richtung zum Wichteldorf ein. Während er so überlegt, wo alle seine Freunde wohl abgeblieben sind und ob sie alle die Bruchlandung wohlbehalten überstanden haben, **hört er auf einmal eine Stimme aus der Ferne, die sich stark nach Bob anhört ...**

Aufmerksam blickt Jolly sich um und entdeckt Spuren im Schnee! Die würden ihn doch direkt zu Bob führen. Aber huch, das sind ganz schön viele verschiedene Spuren! Kannst du Jolly helfen, die richtigen Spuren zu finden, die ihn zu Bob führen werden?

Lösung: Bärenspuren
sehen so aus

3

Oh Tannenbaum

Schnell folgt Jolly den Bärenspuren und landet zwischen einigen Bäumen. Direkt unter zwei Tannen scheinen die Spuren zu führen, und vorsichtig tritt Jolly näher und betrachtet die beiden Tannen. Auf den ersten Blick scheinen sie genau gleich auszusehen, **doch je genauer er sich die Tannen anschaut, desto mehr Unterschiede fallen ihm auf.** Und unter einem Baum, da ist er sich ziemlich sicher, versteckt sich doch sein Freund Bob.

Kannst du alle Unterschiede bei den beiden Tannenbäumen finden?

Lösung:

4

Eine kunterbunte Nachbarschaft

„Zum Glück hast du mich gefunden! Ich wusste gar nicht, wo ich hinmuss, also habe ich mich unter der Tanne ausgeruht“, erklärt Bob, schüttelt sich den Schnee aus seinem weißen Fell und setzt sich seinen Hut wieder auf. „Weißt du, wo es zur Geschenkefabrik geht?“ Jolly nickt. „Aber bevor wir dort hingehen, sollten wir die anderen finden. Ich habe die Vermutung, sie könnten zu Nevios Tanten ins Wichteldorf gelaufen sein.“ Bob brummt und stimmt dann zu. **„Wir sollten versuchen, die anderen zu finden und auch unsere Geschenke, bevor der Weihnachtsabend anbricht!“** Schnell machen sie sich also auf den Weg in Richtung des Wichteldorfs.

Aber wo liegt noch gleich das Haus von Nevios Tanten? Bob und Jolly tragen schnell die Informationen zusammen, die sie über die Wohngegend haben.

1. Das Haus der Tanten steht neben einem grünen Haus.
2. Das zweite Haus ist blau.
3. Neben dem grünen Haus steht ein Haus mit ovalen Fenstern.
4. Das letzte Haus hat sternförmige Fenster.
5. Die Fenster des mittleren Hauses sind dreieckig.
6. Das gelbe Haus hat ovale Fenster.
7. Neben dem roten Haus ist nur ein weiteres Haus.
8. Das Haus der Tanten steht zwischen zwei Häusern.
9. Das Haus neben dem roten hat rechteckige Fenster.
10. Neben dem gelben Haus steht ein violettes Haus.
11. Das erste Haus hat kreisrunde Fenster.
12. Das Haus neben dem roten ist blau.

Lösung:
Haus 1: rot, runde Fenster
Haus 2 (Tantenhaus): blau, rechteckige Fenster
Haus 3: grün, dreieckige Fenster
Haus 4: gelb, ovale Fenster
Haus 5: violett, sternförmige Fenster

5

Wer wohnt denn dort im Wichtelort?

Während sie so auf das Wichteldorf zuschlendern, überlegt Jolly, ob denn im Wichteldorf tatsächlich nur Wichtel wohnen. Als er Bob fragt, antwortet der Eisbär mit seiner brummenden Stimme: **„Nein, nein, meine Cousine hat erzählt, dass es hier allerlei unterschiedliche Bewohner gibt.** Rentiere, Wichtel und Eisbären leben dort. Viele Weihnachtstiere leben natürlich auch in den Wäldern." Bob erzählt weiter und macht ein nachdenkliches Gesicht. „Ich glaube, im Dorf

gibt es nur etwa 300 Bewohner. 50 davon sind Eisbären und 20 mehr als das dürften Rentiere sein." Jolly nickt und überlegt dann.

Wie viele der Bewohner des Wichteldorfs sind denn dann tatsächlich Wichtel?

Lösung:
300 Bewohner – (50 Eisbären +
50 + 20 Rentiere)
= 180 Wichtel

6

Die große (K)Leckerei

Ja, Jolly und Bob sind sich jetzt sicher, dass sie die Straße von Nevios Tanten finden werden. Gemeinsam machen sie sich auf den Weg zum Wichteldorf und kommen dort zum Glück sehr schnell an. Die Straßen sind hier wie ausgestorben, denn vermutlich sind alle Weihnachtshelfer schon in der Geschenkefabrik, um die letzten Vorbereitungen vor dem Weihnachtsabend zu treffen.

Ein wenig gespenstisch ist es schon, als Bob und Jolly durch das Dorf marschieren, und die beiden sind froh, als sie beim Haus von Nevios Tanten ankommen. Als sie anklopfen, macht Nevio auch gleich die Tür auf; er scheint so aufgeregt, dass er die beiden kaum begrüßt.

„Ich habe versucht, unser geheimes Familienrezept für unsere Weihnachtsplätzchen nachzubacken, aber bevor ich anfangen konnte, habe ich heißen Kakao darübergekleckert und man kann gar nichts mehr lesen!"

100 g P___RZ____R
170 g B____R
100 g M__L
100 g M__D_LN
3 TL Z__T
100 g Z___ER

Lösung:
100 g Puderzucker
170 g Butter
100 g Mehl
100 g Mandeln
3 TL Zimt
100 g Zucker

7

Irrungen und Wirrungen

Gemeinsam wird das Rezept gerettet und Nevios Aufregung schwindet wieder. Er erzählt, dass er ganz in der Nähe des Dorfes aus dem Heißluftballon gefallen ist und seine Tanten ihn auf ihrem Weg zur Fabrik aufgesammelt haben. **„Sie haben gesagt, ich soll hier warten, bis sie wieder zurück sind. Aber Jolly, bis dahin ist der Weihnachtsabend bestimmt vorbei!"**

Bob nickt und Jolly seufzt. „Und von Trixie und Lucia ist auch keine Spur – geschweige denn von den Geschenken."

Daraufhin horcht Bob auf. „Ich habe gesehen, dass Lucia über dem Winterwald aus dem Korb gefallen ist! Vielleicht finden wir sie dort!"

Am Rande des Dorfes stoßen sie auf vier Wege, die aus dem Dorf führen. Glücklicherweise steht in der Nähe eine Tafel mit einer Karte.

Welchen Weg muss unsere Heldengruppe gehen, um in den Winterwald zu kommen? Fahre den richtigen Weg nach!

Lösung:

Der untere Weg ist richtig.

8

Gesangsstunde

Tannen, die vom Schnee glitzern, beginnen die Wege zu säumen und im Wald ist es ganz leise. Ihre Aufregung wird immer weniger, während sie langsam so durch die weiße Winterlandschaft stapfen, und Nevio und Bob kommen trotz der wilden Umstände ihrer Ankunft richtig in Weihnachtslaune! **Zusammen stimmen sie einige Lieder an, doch sie wissen nicht mehr so genau, wie all die Lieder tatsächlich gehen,** die sie da vor sich hin summen. Gut gelaunt mischen sie einfach die einzelnen Liederzeilen, die ihnen einfallen, und singen ein verworrenes Lied voller verschiedener Melodien rauf und runter.

Jolly jedoch kann nicht aufhören, darüber nachzugrübeln, wie die ganzen Lieder denn nun richtig heißen.

Kannst du Jolly helfen herauszufinden, welche Lieder hinter ihrer Liedneuschöpfung tatsächlich stecken? Vielleicht kannst du sie ja sogar komplett singen!

„Weihnachtston,
Weihnachtsbaum,
Weihnachtsduft in jedem Raum.
Öffnet mir die Türen, lasst mich
nicht erfrieren. Lustig, lustig, tralalalala,
Komm setz dich ans Fenster, du lieblicher Stern.
Einmal werden wir noch wach, heißa,
dann ist Weihnachtstag!
Wie oft hat schon zur Weihnachtszeit
ein Baum von dir mich
hoch erfreut."

Lösung:

„Öffnet mir die Türen, lasst
mich nicht erfrieren."
(Kling, Glöckchen, klingelingeling)

„Einmal werden wir noch wach, heißa,
dann ist Weihnachtstag!"
(Morgen, Kinder, wird's was geben)

„Weihnachtston, Weihnachtsbaum,
Weihnachtsduft in jedem Raum."
(Fröhliche Weihnacht überall)

„Lustig, lustig, tralalalala."
(Lasst uns froh und munter sein)

„Komm setz dich ans Fenster,
du lieblicher Stern."
(Schneeflöckchen, Weißröckchen)

„Wie oft hat schon zur Weihnachtszeit
ein Baum von dir mich hoch erfreut."
(O Tannenbaum)

9

Gemeinsam laufen sie durch den Winterwald, doch von Lucia ist weit und breit keine Spur. Jolly und Nevio rufen nach ihr, während Bob nach irgendwelchen Anzeichen Ausschau hält, zunächst erfolglos.
Als sie jedoch um eine Biegung gehen, hören sie eine leise Pinguinstimme.
„Ich bin hier oben!"
Verknotet in einigen Seilen, hängt Lucia in den Zweigen und wackelt wild mit ihren Flügeln, damit die Freunde auf sie aufmerksam werden.
„Da sitzt du ja ganz schön in der Patsche", feixt Bob, aber Nevio boxt ihn in die Seite. „Wie würdest du schauen, wenn du da oben säßest."
Das sieht Bob natürlich ein.
„Ich glaube, einige der Seile liegen so, dass sie Knoten bilden, wenn man an ihrem Ende zieht! Daran könntest du hochklettern, Nevio!" „Wieso soll ich nicht hochklettern?", ruft Jolly, der sich schon immer als Anführer der Gruppe verstanden hat. „Weil du keine Daumen hast, Jolly", flüstert Nevio. Betreten nickt das Rentier.

Lucia deutet auf einige Seilstellen, von denen sie glaubt, dass sich Knoten bilden und an denen Nevio sich hochziehen könnte. An welchen Seilen muss Nevio hier ziehen, damit er sicher nach oben klettern kann?

Lösung:

10

Der schwere Aufstieg

Puh, das wäre erst mal geschafft! Lucia aus dem Baum zu befreien, war schon schwierig genug, doch auch der Weg zur Geschenkefabrik wird immer steiler und eisig kalt ist es auch. Während sie so durchs Gebirge wandern, fällt Nevio plötzlich etwas auf. Sind das etwa ihre Geschenke, die dort auf der Bergspitze einfach so herumliegen?

Aber, oh Schreck! So viele der Pfade sind mit Felsbrocken versperrt. Kannst du Nevio helfen, den richtigen Pfad zum Gipfel zu finden?

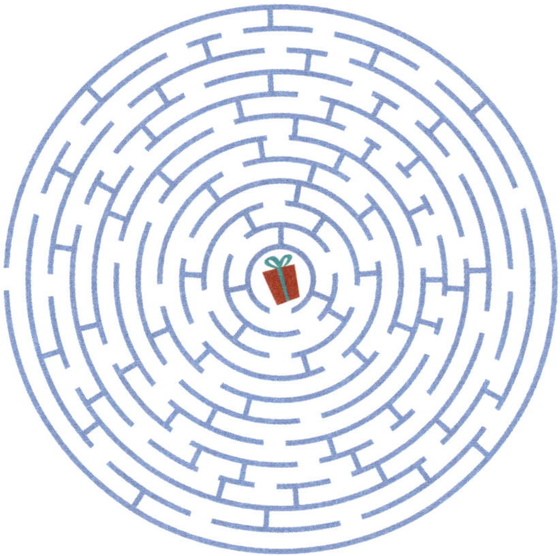

Lösung:

11

Erfolgreich bringt Nevio die Geschenke vom Berggipfel herunter. Doch jetzt müssen sie leider feststellen, dass es gar nicht so viele Geschenke sind, wie es auf den ersten Blick schien. **„Und unser Meistergeschenk fehlt auch"**, seufzt Jolly, während er mit der Schnauze eines der Geschenke auf seinen Rücken kippt.

„So im Schnee können wir sie nicht liegen lassen, da weicht das Papier ja total auf!" Schnell schnappen sie sich die Geschenke und stecken sie in einen Sack, den Nevio bei sich trägt. **„Fünf Geschenke haben wir nun, aber wie viele müssen wir denn noch suchen? Weiß jemand, wie viele wir eingepackt haben?"**, fragt Bob und schaut gespannt in die Runde.

„Ich habe Nevio gesagt, er soll es aufschreiben", sagt Lucia und Nevio zieht einen Zettel hervor. Als er ihn durchliest, kratzt er sich am Kopf. „Ich weiß nicht mehr so genau, was das bedeuten soll", gesteht er und zeigt den Zettel seinen Freunden.

Gemeinsam lesen sie sich den Zettel durch und beginnen zu knobeln, was er denn bedeuten könnte. Wie viele Geschenke hat die Gruppe wohl insgesamt an den Nordpol transportiert?

Lösung:

2 × 5 + 3 × 7 + 2 × 3 × 7 + 2 × 2
+ 1 (Meistergschenk) = 78

12

Das große Schneegestöber

Da fehlen ihnen aber noch einige Geschenke und Trixie müssen sie auch noch finden. Keiner hat die Schneefüchsin gesehen, und je länger sie über die Berge wandern, desto größer wächst ihre Sorge. Als sie an einem besonders hohen Gipfel angelangt sind, ruft Lucia plötzlich ganz laut: **„Unsere Geschenke!"**

In einem Tal unter ihnen liegen sie alle verstreut, und sie bemühen sich, so schnell wie möglich den Abstieg anzustreben. Plötzlich zieht jedoch ein fürchterlicher Schneesturm auf. Bibbernd kämpfen sie sich durch das Flockengestöber, und als sie unten im Tal ankommen, ist von ihren Geschenken nichts mehr zu sehen.

„Was sollen wir denn jetzt nur machen?", fragt Bob betrübt. Nevio tätschelt ihm mitfühlend die Schulter. **„Ich habe mir aufgeschrieben, wo die Geschenke ungefähr liegen, helft mir mal kurz!"** Lucia zückt einen Zettel und einen Stift.

Lucia hat die Landschaft schnell aufgezeichnet und die Position der Geschenke im Schnee mit Zahlen markiert. Fahre die Zahlen in der richtigen Reihenfolge nach – kannst du ein Muster erkennen?

Lösung:

13

Heißhunger

Jetzt, wo sie schon so lange unterwegs sind, Berge erklommen und Schneestürme überstanden haben, merken Jolly, Nevio, Lucia und Bob, wie hungrig sie werden. Bob grummelt sogar schon richtig der Magen, obwohl er versucht, sich nichts anmerken zu lassen. Zum Glück hat Nevio in einer seiner Taschen noch einige Plätzchen und Lebkuchen, die er von seinen Tanten mitgenommen hat.

Hungrig fallen sie darüber her! Bob fragt sich daraufhin, wie viele Kekse sie jetzt eigentlich gegessen haben, und die vier überlegen ...

1. Am Anfang hat Nevio gierig 25 Plätzchen verputzt.
2. Lucia hat daraufhin auch zunächst zwei Plätzchen probiert und anschließend noch doppelt so viele wie Bob gefuttert.
3. Bob nahm sich dreimal so viele Plätzchen wie Jolly.
4. Zum Schluss, da ist Jolly sich ganz sicher, hat er nur ein Fünftel der Plätzchen-anzahl von Nevio abbekommen; den mageren Rest.

Lösung:

Nevio isst 25 Plätzchen.

Jolly isst nur ein Fünftel von Nevios Plätzchen, also $25 : 5 = 5$.

Bob isst dreimal so viele Plätzchen wie Jolly, also $3 \times 5 = 15$.

Lucia isst zuerst zwei Plätzchen und dann doppelt so viele wie Bob, also $2 \times 3 \times 5 + 2$.

Achtung! Punkt vor Strich,
also $2 \times 3 \times 5 + 2 = 2 \times 15 + 2 = 30 + 2 = 32$

Insgesamt haben sie also $25 + 5 + 15 + 32 = 77$

14

Eine geheimnisvolle Nachricht

Vom Meistergeschenk gibt es immer noch keine Spur, aber das Geschenkpapier liegt im Schnee. Betrübt lassen alle die Köpfe hängen, bis Jolly etwas auffällt. Nanu, da ist doch was auf der Innenseite des Papiers geschrieben! Schnell schnappt er sich das Geschenkpapier und schaut es sich etwas näher an. **„Schaut mal, das ist ja eigenartig."** Neugierig stecken auch die anderen ihre Köpfe zusammen. „Hä, was soll das denn bedeuten? Es ist doch gar nicht der 19. Dezember!", fragt Bob und setzt sich auf seinen flauschigen Bärenhintern. Trotz der verputzten Kekse hat er immer noch Hunger. **„Das ist eine verschlüsselte Nachricht!"**, ruft Lucia und beginnt bereits zu brüten.

Das Rätsel bereitet Jolly und seiner Truppe viel Kopfzerbrechen. Kannst du ihnen helfen herauszufinden, welche geheime Nachricht sich da im Geschenkpapier verbirgt?

+19. Dezember

bvA Atux wtL fxBLMxKzxLvAxGD NGw PxKwx xL wxF pxBAGtvAMLFtGG nxuxKuKBGzxG.
nGw wtGG PxKwx BvA tEExBG GxuxG BAF tF pxBAG tvAMLxLLxG LBMSxG!

– mKBQBx

Lösung:
Ich habe das Meistergeschenk
und werde es dem
Weihnachtsmann ueberbringen.
Und dann werde ich allein
neben ihm am Weihnachtsessen
sitzen! - Trixie

15

Der Verrat

Die Gruppe ist verblüfft, regelrecht schockiert. Hat Trixie sie etwa beklaut? Nevio beginnt zu weinen. **„Aber wir wollen doch alle neben dem Weihnachtsmann sitzen."** Bitterlich schluchzt er in Lucias Federn, während sie ihm beruhigend die Schulter tätschelt.

Jolly überlegt kurz und dann hat er einen Geistesblitz: „Trixie weiß nicht, dass wir uns mit dem Weihnachtsmann in der Geschenkefabrik treffen wollen!", platzt es aus ihm heraus und er erntet verwunderte Blicke.

„Nicht in der Weihnachtshütte?", fragt Bob und zupft an seinem Hut.

„Nein, wir haben in diesem Jahr so viele Geschenke dabei, da wollten wir uns direkt in der Fabrik treffen, um sie auf den Schlitten zu laden."

„Aber dann müssen wir uns ja beeilen, so schnell wie möglich zur Weihnachtshütte zu kommen!", ruft Bob und alle nicken.

Zum Glück hat Nevio eine Karte seiner Tanten stibitzt, mit der sie schnell durchs Gebirge zur Hütte kommen. Doch bei genauerem Blick scheinen viele Wege ins Nirgendwo zu führen; nur ein Weg ist der richtige. Kannst du ihn nachfahren?

Lösung:

16

Codeknackerbande

Völlig außer Atem kommen die vier bei der Weihnachtshütte an. Es steigt Rauch aus dem Schornstein auf, aber es sind nur wenige Fenster hell erleuchtet. **„Trixie ist bestimmt in der Hütte, um das Meistergeschenk neu einzupacken“**, flüstert Lucia und Nevio hat schon wieder Tränen in den Augen. „Die Vordertür ist verschlossen“, sagt Bob. „Ich glaube, es gibt noch einen Hintereingang, schnell!“ Jolly läuft voran und der Rest der Truppe hinterdrein. Am Hintereingang jedoch ist ein digitales Schloss angebracht. „Dass der Weihnachtsmann so modern ist, hätte ich gar nicht gedacht“„ murmelt Bob und beäugt das Schloss, bis Nevio etwas auffällt. Ein kleiner Zettel hängt am oberen Türrahmen.

„Oh, ein Rätsel! Damit finden wir sicher heraus, was das Passwort ist“, ruft Nevio, aber Jolly kneift die Augen zusammen. „Aber die Buchstaben sind ja in der völlig falschen Reihenfolge! Geht's hier um Plätzchen?“ Kannst du ihnen helfen, das Passwort zu erraten?

Horizontal

4. STIUEPZBBN
1. EZSTMTIRN
2. VLFIARENPIKELL
7. KOEMRSAOOKKNN

Vertikal:

6. BCEALTHTEZERPUTN
5. PFSEFSEUNEFRE
3. LHCUBEKEN

Was ist das Lieblingsgetränk des Weihnachtsmanns:

Lösung:
4. SPITZBUBEN
1. ZIMTSTERN
2. VANILLEKIPFERL
7. KOKOSMAKRONEN
6. BUTTERPLAETZCHEN
5. PFEFFERNUESSE
3. LEBKUCHEN

Das Lösungswort lautet:
PUNSCH

17

Zuckersüßes Geheimnis

Nevio tippt schnell mit spitzen Fingern das Passwort ein und die vier stolpern in die Garage des Weihnachtsmanns. Der Schlitten steht natürlich nicht mehr hier, denn der Weihnachtsmann ist ja bereits in der Geschenkefabrik. Leise schleichen sie durch die Garage in die Küche, in der Licht brennt. Auf dem Tisch steht ein halb fertiges Lebkuchenhäuschen, und überall ist Zuckerschrift verteilt, als wäre ein Wirbelsturm durch die Küche gerauscht. Andächtig sehen sie sich in der Weihnachtsküche um. Dann sticht Jolly etwas ins Auge. **„Moment mal, wer würde denn Zuckerschrift auf einer Serviette verteilen?"**

Auf einer weihnachtlichen Serviette ist ungleichmäßig Zuckerschrift verteilt. „Das ist doch eine Geheimbotschaft, ob die wohl vom Weihnachtsmann stammt?", ruft Jolly und alle stimmen ihm zu. Was könnte sich hinter dieser Geheimschrift nur verbergen?

A B C D E F G
H I J K L M N
O P Q R S T
U V W X Y Z
1 2 3 4 5
6 7 8 9 0

Lösung:
Ich habe euch ausgetrickst Trixie

18
??

„Schon wieder Trixie! Aber wie soll sie uns denn ausgetrickst haben?“ Nevio wird plötzlich ganz bleich und läuft zum Hintereingang. „Verschlossen! “, ruft er. „Wir sind eingesperrt!“

Lucia schüttelt den Kopf und lässt ihn dann betrübt hängen. „Aber wieso will sie uns denn nur loswerden?“, fragt sie leise und Bob stupst sie freundschaftlich mit der Pfote an. „Sie will bestimmt den Weihnachtsmann am Weihnachtsessen ganz für sich allein.“ Lucia seufzt und zuckt dann die Flügel. „So kann das nicht weitergehen!“, ruft Jolly, der langsam die Geduld verliert. **„Wir rufen jetzt beim Weihnachtsmann in der Geschenkefabrik an.“**

Alle sind einverstanden. Als sie jedoch das Telefon im Flur finden, sind sie etwas ratlos. Sie wissen ja gar nicht die Telefonnummer der Geschenkefabrik. Nevio aber wirft einen Blick in das kleine Telefonbüchlein neben dem Telefon und findet dort eine Liste mit Telefonnummern.

Zur alten TANNE

20 1 14 14 5

Mein Weihnachts SCHATZ

19 3 8 1 20 26

Lager für GESCHENKe

7 5 19 3 8 5 14 11

Geschenke FABRIK

[redacted]

Ausgerechnet die Nummer der Geschenkefabrik ist verwischt. Aber vielleicht lässt sich ja von den Nummern der anderen eigenartigen Kontakte auf die Nummer der Fabrik schließen …

Lösung:
T A N N E
20 1 14 14 5
S C H A T Z
19 3 8 1 20 26
G E S C H E N K
7 5 19 3 8 5 14 1
F A B R I K
6 1 2 18 9 11

19

Rettung naht

„Claus hier, hallo?" Die warme Stimme des Weihnachtsmanns klingt ganz überrascht, dass ihn jemand anruft, so kurz vorm Weihnachtsabend. „Hallo, hier ist Jolly",sagt Jolly, dem Nevio das Telefon ans Ohr hält. „Ach Jolly, ich wundere mich schon, wo ihr denn bleibt. Die anderen sind schon alle da und haben ihre Geschenke dabei!"
„Wir haben unsere Geschenke auch dabei, aber Trixie hat unser Meistergeschenk geklaut und uns in deiner Hütte eingesperrt!"
„Was?! Das ist ja unerhört! Wartet, ich werde gleich mit meinem Schneemobil zu euch fahren und euch befreien. Versucht ihr solange herauszufinden, wo sich diese Trixie denn nur herumtreiben könnte!"

Als sie auflegen, schaut sich die Truppe um und ihnen fallen einige Sachen im Weihnachtswohnzimmer auf. Verbinde immer zwei Dinge, die zusammengehören. Vielleicht hast du dann ja eine Idee, wohin Trixie verschwunden sein könnte!

Lösung:

Es gehören zusammen:

- Die Mütze und der Schal
- Der Weihnachtsbaum und die Weihnachtskugel
- Die Weihnachtsmütze und die Weihnachtsstiefel
- Der Schneemann und die Karotte
- Das Plätzchen und die Teetasse

Nur die Schlittschuhe sind ganz allein.
Ob Trixie versuchen wird,
auf ihnen zu entkommen?

20

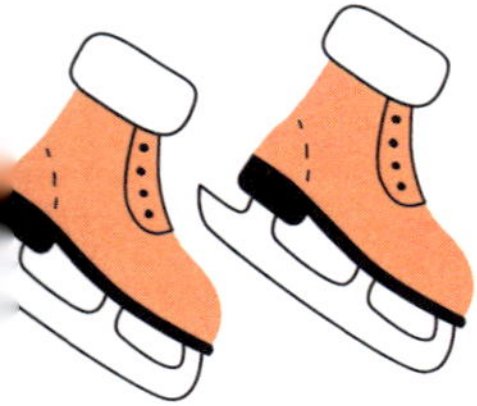

Passt wie angegossen

Da hat jemand das zweite Paar Schlittschuhe vom Weihnachtsmann geklaut! Ob Trixie damit über das Eismeer fahren möchte? Bevor sie weiter darüber nachgrübeln können, hört die Gruppe es draußen rumpeln, als der Weihnachtsmann mit seinen schweren Stiefeln den Weg zu seiner Hütte überquert. **Mit seinem Schneemobil ist er ganz flott dort angekommen.** Auf einmal sind die vier ganz aufgeregt. Der Weihnachtsmann höchstpersönlich kommt sie retten und gemeinsam werden sie dieser ganzen seltsamen Sache auf den Grund gehen! Es raschelt und klingelt und bimmelt ein wenig, bevor der Weihnachtsmann durch die Tür hindurch etwas peinlich berührt ruft: **„Ich habe glatt vergessen, welcher mein Schlüssel ist. Ich bin richtig durch den Wind!"**

Draußen schaut der Weihnachtsmann ratlos seinen dicken Schlüsselbund an. Seine vielen Verpflichtungen haben ihm ein ganz schönes Sammelsurium an Schlüsseln eingebracht, aber welcher der Schlüssel mag denn nur der richtige für seine Haustür sein?

Lösung:

21

Santa.exe nicht gefunden – bitte neu verbinden

Klick-klack, und die Tür schwingt auf. Mit großen Augen betrachten Jolly, Bob, Lucia und Nevio den Weihnachtsmann, der mit stolz geschwellter Brust den Schlüsselbund in die Luft wirft und mit einer Hand auffängt – ohne hinzusehen! Die ganze Truppe ist schwer beeindruckt. **„Los, schnell ins Schneemobil!"**, ruft der Weihnachtsmann und deutet auf sein hochmodernes, todschickes Gefährt. Die Augen der vier Freunde glänzen. Gemeinsam quetschen sie sich ins Schneemobil und in den Beiwagen.

Auf dem Display des Mobils ist ein Navigationssystem, doch als der Weihnachtsmann es mit seinem Santaphone verbinden will, gibt es eine Fehlermeldung und sein Santaphone sperrt sich automatisch. **„Ach, Lebkuchen noch einmal! Könnt ihr mir helfen? Diese neumodischen Sachen sind doch ein bisschen schwierig für mich."**

Lucia nimmt sich der Sache gern an. Auf dem Santaphone ist ein riesiges Buchstaben-wirrwarr. Anscheinend muss man die richtigen Wörter in dem Gewimmel finden. Lucia beginnt zu suchen …

F	J	S	O	Q	N	G	F	R	Q	L	D	I	I	A	M	H
V	S	C	H	N	E	E	F	L	O	C	K	E	W	V	V	I
F	V	B	D	U	Q	J	T	C	E	F	K	Q	S	N	Q	C
A	U	A	V	V	B	I	Y	L	O	K	H	T	C	H	N	W
J	U	V	A	K	C	R	L	A	M	E	T	T	A	E	W	E
F	Y	O	X	R	G	R	U	N	N	U	V	W	J	S	Q	I
G	E	S	C	H	E	N	K	P	A	P	I	E	R	T	N	H
L	A	R	J	Q	L	S	B	W	I	R	J	O	P	C	P	N
X	F	V	R	F	Q	E	X	V	U	R	A	C	V	W	U	A
U	S	G	G	W	Y	I	K	W	H	J	I	B	Y	I	V	C
X	J	X	C	V	D	G	Y	V	B	O	N	O	V	X	V	H
J	K	N	S	T	E	R	N	S	C	H	N	U	P	P	E	T
J	M	Y	R	N	D	E	S	N	E	D	P	C	A	Q	L	S
Y	F	X	X	L	E	B	K	U	C	H	E	N	S	Q	X	B
Y	D	L	A	Z	U	F	Y	T	L	C	F	B	G	S	K	A
F	W	P	G	W	N	L	L	K	L	Q	P	K	R	D	B	U
K	U	S	C	H	L	I	T	T	E	N	V	L	G	Q	Y	M

Lösung:

F J S O Q N G F R Q L D I I A M H
V S C H N E E F L O C K E W V V I
F V B D U Q J T C E F K Q S N Q C
A U A V V B I Y L O K H T C H N W
J U V A K C R L A M E T T A E W E
F Y O X R G R U N N U V W J S Q I
G E S C H E N K P A P I E R T N H
L A R J Q L S B W I R J O P C P N
X F V R F Q E X V U R A C V W U A
U S G G W Y I K W H J I B Y I V C
X J X C V D G Y V B O N O V X V H
J K N S T E R N S C H N U P P E T
J M Y R N D E S N E D P C A Q L S
Y F X X L E B K U C H E N S Q X B
Y D L A Z U F Y T L C F B G S K A
F W P G W N L L K L Q P K R D B U
K U S C H L I T T E N V L G Q Y M

22

Ein großes Tohuwabohu

Der Motor beginnt zu brummen und gemeinsam düsen sie durch die Winterlandschaft. Der Schnee spritzt an den Seiten hoch, und Bob hält sich den Hut fest, damit er nicht wegfliegt. Im Nullkommanichts kommen sie bei der Geschenkefabrik an und finden auch dort großes Chaos vor. Alle Weihnachtshelfer laufen wild durcheinander und es herrscht ein riesiges Tohuwabohu. Als sie aussteigen, kommt sofort ein Rentier angelaufen. „**Herr Claus, die Geschenkemaschine, sie ist kaputt!** Kommen Sie bitte schnell, sonst werden wir nicht mehr rechtzeitig fertig vor dem Weihnachtsabend!"

Schnell laufen sie in die Fabrik. Alle Bänder und alle Maschinen stehen still. Auf dem Bildschirm der Geschenkemaschine läuft nur ein eigenartiger Zahlencode. Was könnte der bedeuten?

01000001	A	01001110	N	01100001	a	01101110	n
01000010	B	01001111	O	01100010	b	01101111	o
01000011	C	01010000	P	01100011	c	01110000	p
01000100	D	01010001	Q	01100100	d	01110001	q
01000101	E	01010010	R	01100101	e	01110010	r
01000110	F	01010011	S	01100110	f	01110011	s
01000111	G	01010100	T	01100111	g	01110100	t
01001000	H	01010101	U	01101000	h	01110101	u
01001001	I	01010110	V	01101001	i	01110110	v
01001010	J	01010111	W	01101010	j	01110111	w
01001011	K	01011000	X	01101011	k	01111000	x
01001100	L	01011001	Y	01101100	l	01111001	y
01001101	M	01011010	Z	01101101	m	01111010	z
11100100	ä	11110110	ö	11111100	ü	00100000	(Leer)

01010011 01110100 01100101 01100011 01101011 01100101
01101110 00100000 01010011 01101001 01100101 00100000
01100100 01100001 01110011 00100000 01100111 01110010
11111100 01101110 01100101 00100000 01001011 01100001
01100010 01100101 01101100 00100000 01100101 01101001
01101110 00100000 01110101 01101110 01100100 00100000
01100100 01110010 11111100 01100011 01101011 01100101
01101110 00100000 01010011 01101001 01100101 00100000
01100100 01100001 01101110 01100001 01100011 01101000
00100000 01100001 01110101 01100110 00100000 01100100
01100101 01101110 00100000 01110010 01101111 01110100
01100101 01101110 00100000 01001011 01101110 01101111
01110000 01100110
Dieser Computer wurde im Binärcode programmiert

Lösung:
Stecken Sie das grüne Kabel
ein und drücken Sie danach
auf den roten Knopf.

23

„Das hat doch jemand sabotiert!", ruft ein Wichtel mit einem Rauschebart, den er vermutlich zu Ehren des Weihnachtsmanns trägt. Der Weihnachtsmann scheint besorgt: „So kann das nicht weitergehen. Wo steckt denn diese Trixie, von der ihr immer erzählt?"

Jolly ergreift das Wort: „Wir glauben, dass sie deine Schlittschuhe mitgenommen hat und das Meistergeschenk über das Eismeer mitnehmen will. Vielleicht will sie so tun, als hätte sie es allein hergebracht, um dann als Einzige den Wettbewerb zu gewinnen!"

„Ach du meine Güte! Wir sollten auf jeden Fall das Schneemobil nehmen." Schnell klettern sie in das Gefährt, und der Weihnachtsmann schwingt sich heroisch auf den Sattel, steckt das Santaphone in die Halterung und sagt klar und deutlich: „Miri – Navigation. Zum. Eis. Meer. Starten." **„Spracheingabe. Nicht erkannt. Bitte Passwort angeben"**, antwortet Miri, das Spracherkennungssystem.

Ach du Schreck, da hat der Weihnachtsmann wohl glatt das Passwort vergessen! Zum Glück hat er sich eine Eselsbrücke überlegt, um es sich leichter merken zu können. Kannst du das Passwort erraten?

Lösung:
STERNENSCHWEIF

24

Eisschollenkarambolage

Als sie am Rande des Eismeers ankommen, sitzt Trixie auf einer großen Scholle und packt gerade das Meistergeschenk fertig ein. Das ist gar nicht so einfach mit kalten Pfoten. „Einpacken war noch nie ihre Stärke ...“, flüstert Bob und Nevio ballt die Fäuste. „Trixie!“, ruft er. **„Wieso hast du unser Meistergeschenk geklaut!“** Trixie springt auf und versteckt das Geschenk hinter sich. Sie will erst etwas sagen, aber dann sieht sie den Weihnachtsmann und schaut ganz traurig aus. **„Ich wollte doch nur einmal ganz allein mit dem Weihnachtsmann zusammen essen. Er ist mein größtes Vorbild!** Ich möchte auch so viele Kinder glücklich machen wie er!“

Sie stampft mit ihrer Pfote fest auf die Scholle, und auf einmal knackst es verdächtig. „Oh nein, Trixie!“, ruft Jolly und will ihr zu Hilfe eilen, doch der Weihnachtsmann hält ihn zurück. „Das ist zu gefährlich. Trixie! Folge meiner Stimme!“

Hilf Trixie, den sicheren Pfad zu finden. Am Gitterrand steht die Anzahl der Schollen, die in dieser Zeile oder Spalte nicht brüchig sind und direkt zusammenhängen. Sind zwei Zahlen vermerkt, sind an zwei Stellen im Gitter intakte Schollenformationen, die nicht zusammenhängen. Führe Trixie sicher an Land.

					3	3				
	4	1	2	1	1	3	1	2	1	
2										
3										
1										
2										
1										
2										
3|1										
1|4										
1										
1										

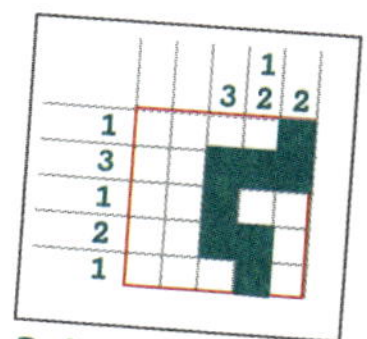

Beispiel

Lösung:

Die große Weihnachtsreise

Im letzten Moment schafft Trixie es, von der Eisscholle zu springen, und der Weihnachtsmann fängt sie auf. Die Gruppe sieht in der Ferne ihr Meistergeschenk auf einer Scholle wegschwimmen und es stimmt sie ein bisschen wehmütig. Aber hauptsächlich sind alle nur froh, dass es Trixie gut geht. Die kleine Schneefüchsin weint ganz bitterlich in den Armen des Weihnachtsmanns, der ihr sanft über den Kopf streicht.
„Ich wollte doch nur beim Weihnachtsessen unbedingt neben dir sitzen“, schluchzt Trixie und vergräbt das Gesicht im Weihnachtsmantel. „Das verstehe ich“, tröstet sie der Weihnachtsmann. „Aber jetzt müssen wir erst einmal dafür sorgen, dass das Weihnachtsfest überhaupt stattfindet!“ Mit ihren Pfoten wischt Trixie sich die Augen und nickt dann entschlossen.

Gemeinsam eilt die Gruppe zurück zur Geschenkefabrik, in der immer noch ein ziemliches Chaos herrscht. Der zeitliche Rückschlag der Geschenkemaschine sitzt noch recht tief, und schnell reihen sich Jolly, Bob, Lucia, Trixie und Nevio ein, um Spielzeug zu transportieren, Geschenke einzupacken und dann auf den Schlitten oder in den riesigen Sack des Weihnachtsmanns zu schlichten. Sogar der Weihnachtsmann packt mit an und mit der Hilfe der Gruppe schafft die gesamte Fabrik noch alles rechtzeitig.

„Für eine Preisverleihung ist nun leider keine Zeit mehr, das müssen wir wohl später vor dem Weihnachtsessen machen. Jetzt müssen erst einmal alle Geschenke auf der Erde verteilt werden." Mit einem warmen Blick wendet sich der Weihnachtsmann an die fleißige Truppe. „Möchtet ihr vielleicht dieses Mal dabei sein, wenn ich die Geschenke verteile?" Mit großen Augen strahlen die Weihnachtshelfer den Weihnachtsmann an und nicken eifrig. Jolly wird mit den anderen Rentieren vor den Schlitten gespannt, und seine Augen glänzen, als Rudolph ihm zuzwinkert. Lucia, Nevio, Bob und Trixie steigen mit dem Weihnachtsmann in den Schlitten. Trixie darf sogar direkt neben dem Weihnachtsmann sitzen, der die Zügel schnalzen lässt. „Lo-ho-hos geht's!", ruft er freudestrahlend. Gemeinsam heben sie ab und steigen jauchzend in den Nachthimmel.
Jolly ist mächtig stolz auf seine Gruppe, denn trotz Trixies riesigem Durcheinander haben sie es wohlbehalten zur Fabrik geschafft und das Weihnachtsfest haben sie auch gerettet. Natürlich auch mit deiner Hilfe.
Und wer weiß, vielleicht gelingt es ihnen ja im nächsten Jahr, mit ihrem Meistergeschenk den ersten Platz zu machen. Aber bis dahin bringen sie erst einmal das Weihnachtsglück in die ganze Welt.

Gestaltung Cover: Grafisches Atelier, arsEdition GmbH
Gestaltung Innenteil: Franziska Misselwitz
Text und Rätsel: Nathanael Roßmüller

Bildnachweise Cover: www.shutterstock.com: 21kompot, irrenes, Miloje, Valeriy Chernyavskiy
Bilder Innenteil: www.shutterstock.com: Betsart, Bibadash, BigMouse, Borodacheva Marina, Can Yesil, Cute little things, DenisKrivoy, Earl Wilkerson, GoodStudio, Hilch, Igogosha, Johnny14, Juliana Brykova, Katflare, Kid_Games_Catalog, KingVector, Kviki_Viki, Lars Poyansky, Lemon Workshop Design, Lexi Claus, lyeyee, Net Vector, NotionPic, Oleksandr Rybitskiy, olly_ta, Peter Hermes Furian, piixypeach, pink.mousy, Pravokrugulnik, ratselmeister, skutiherra, SMSka, Tartila, Vectorfair, Victor Metelskiy, VVadi4ka, wannawit_vck, YUCALORA ; Getty Images: AnastasiiaM

ISBN 978-3-8458-5412-0
www.arsedition.de

FSC www.fsc.org
MIX
Papier | Fördert gute Waldnutzung
FSC® C018236